Léon

Cet album appartient à :

....

LA CHÈVRE ET LES BIQUETS

Images de Gerda

Père Castor • Flammarion

ISBN : 978-2-0812-2211-3 – ISSN : 1957-8407

Il y avait une fois une chèvre blanche
et trois biquets tout blancs
qui habitaient cette petite maison-là.

Un matin,
partant pour le marché, la chèvre dit à ses biquets :
– Soyez bien sages pendant que je ne serai pas là.
Fermez la porte à clé et n'ouvrez à personne.
Quand je rentrerai, je dirai :
« *Ouvrez, biquets, et foin du loup !* »
et je vous montrerai patte blanche sous la porte.

Vous saurez que c'est moi, et vous m'ouvrirez.
– Oui, maman, dirent les biquets.
Et la chèvre s'en alla au marché.
Elle ne savait pas que, justement,
le loup était là, caché derrière le puits.
Il avait tout entendu.

Quand la chèvre fut loin, il s'approcha de la porte.
Il frappa : pan, pan, pan !
et dit en imitant la voix de la chèvre :
– *Ouvrez, biquets, et foin du loup !*

Les biquets ne reconnurent pas la voix de leur mère.
Le plus petit voulait ouvrir quand même,
mais le plus grand l'en empêcha et cria très fort :
– Montre-nous patte blanche et nous t'ouvrirons !

Le loup regarda sa grosse patte noire,
fit la grimace et s'en retourna, bien attrapé.
Mais voilà qu'en chemin il rencontre le renard, qui lui dit :
– Tu n'as pas l'air content ! Qu'est-ce qu'il y a ?
– Il y a que... les biquets ne m'ouvriront
que si je montre patte blanche.
– Grand bêta ! dit le renard, va au moulin :
il y a des sacs pleins de farine devant la porte ;
fourre ta patte dedans : elle deviendra toute blanche.

– Bonne idée ! dit le loup.
Il court au moulin,
plonge sa patte dans la farine,
et revient à la maison de la chèvre.

Il court, il court, le loup, en se léchant les babines.
Il frappe doucement : pan, pan, pan !
et dit, en faisant sa plus petite voix :
– *Ouvrez, biquets, et foin du loup !*

– C'est toi, maman ?
Montre ta patte blanche,
montre-la sous la porte !
crient les biquets.

Alors le loup glisse sa patte sous la porte.
Mais... SA PATTE ÉTAIT NOIRE !
Toute la farine était tombée tant il avait couru.
– Oh ! la vilaine patte noire ! C'est le loup !
Va-t'en ! Va-t'en ! crient les biquets.

Cette fois le loup se met en colère :
– Ah ! vous ne voulez pas ouvrir ?
Eh ! bien, je vais enfoncer la porte
et je vous mangerai quand même !
Il cogne à grands coups dans la porte. Baoum ! Baoum !

Tout tremble dans la maison :
les casseroles sur les murs, les verres dans le buffet.
Les biquets, eux, tremblent de peur !
– Pourvu que maman vienne vite ! dit le petit.

Et juste à ce moment-là, la chèvre revient du marché.
Elle voit le loup qui se jette sur la porte.
Elle pose son panier dans l'herbe
et galope vers la maison, tête baissée.

Elle se lance sur le loup
et, d'un grand coup de cornes,
elle l'envoie rouler jusque dans la rivière.

Le loup se sauve dans les bois, tout mouillé.

– Ouvrez, biquets, et foin du loup !
crie la chèvre,
et elle glisse sa patte sous la porte.

Les biquets ouvrent et bondissent de joie autour d'elle.

– Je suis bien contente d'avoir des biquets
si sages et si obéissants, dit la chèvre.

Elle les embrasse bien fort
et leur prépare un bon déjeuner.

Les classiques en musique...

À paraître : *Marlaguette, La plus mignonne des petites souris...*

Imprimé en mars 2009 par Tien Wah Press à Singapour
Dépôt légal : avril 2009
Flammarion (n° L.01EJDN000324)
87, quai Panhard et Levassor - 75647 Paris Cedex 13
www.editions.flammarion.com
Loi n°49-956 du 16 juillet 1949 sur les publications destinées à la jeunesse